hiwmor
DAI JONES

CYFRES TI'N JOCAN

hiwmor
DAI JONES

y Lolfa

Argraffiad cyntaf: 2005

Cartwnau: Elwyn Ioan
Llun y clawr: S4C

Rhif Llyfr Rhyngwladol: 0 86243 845 4

Cyhoeddwyd, argraffwyd a rhwymwyd yng Nghymru
gan Y Lolfa Cyf., Talybont, Ceredigion SY24 5AP
e-bost ylolfa@ylolfa.com
gwefan www.ylolfa.com
ffôn (01970) 832 304
ffacs 832 782

CYNNWYS

CYFLWYNIAD

Un peth yw gweld Dai Jones ar lwyfan neu ar y teledu. Profiad llawer mwy doniol na hynny hyd yn oed yw treulio dwy awr yn ei wynebu ar draws bwrdd y gegin ym Merthlwyd yn gwrando ar ei storïau.

Erbyn hyn rwy'n hen gyfarwydd â chofnodi hanesion Dai ar gyfer llyfrau fel *Fi, Dai Sy 'Ma, Cefn Gwlad* a *Dai and Let Live*. Gan ei fod yn ddyn mor brysur, prin yw'r cyfleoedd i fwynhau ei gwmnïaeth gartre wyneb yn wyneb. Ac er mor wych yw Dai fel cyflwynydd ar lwyfan neu ar sgrîn, mae'r Dai Jones sy'n hel atgofion ar ei aelwyd neu mewn bar hyd yn oed yn fwy diddorol a doniol.

Fe fu'n anodd trefnu cyfarfod â Dai ym mis Tachwedd gan fod galwadau Cefn Gwlad mor drwm, heb sôn am gyfarfodydd a pherfformiadau radio a llwyfan. Yr unig ffordd o ddal Dai oedd rhwng gorchwylion, ac un gyda'r nos, ganol wythnos, fe ddaeth y cyfle.

Doniolwch i Dai yw hiwmor y bobol y mae'n byw yn eu canol. Pethe doniol, slic, ond syml. Hynny yw, hiwmor y werin bobol. Ac mae Dai ei hun, wrth gwrs, yn rhan o'r cyfan gyda'i atebion parod. Dro'n ôl, derbyniodd alwad oddi wrth Radio Cymru, ac ynte'n brysur yn ffilmio mewn mart ac, yn wir, ynghanol y cylch gwerthu ar y pryd.

"Hylo, Dai Jones," medde'r llais dros ei ffôn. "Ydych chi'n brysur?"

"Yn brysur iawn."

"Delyth sydd yma. Oes gynnoch chi amser i Daro'r Post?"

"Taro'r Post! Does gen i ddim amser i daro rhech heb sôn am Daro'r Post!"

Arwr mawr Dai yng Nghymru yw'r diweddar Ryan Davies. Yn Saesneg, ei arwyr mawr yw Eric Sykes a Harry Worth. Perfformwyr sy'n actio'n dwp ond sydd ymhell o fod yn dwp. Roedd gan dad Dai hen ddywediad, "Fe fedrwch chi 'neud rhywbeth â dyn twp, ond 'newch chi ddim byd â dyn dwl."

Byd cefn gwlad yw gwraidd hiwmor Dai – hiwmor pobol gyffredin y tir, hiwmor rhai sydd heb gael manteision Addysg Bellach. Yn ôl Dai, addysg sydd i'w feio am ladd gwreiddioldeb.

Ble mae Dai yn dod o hyd i'w storïau? Yn aml iawn, digwyddiadau personol yw gwraidd ei hanesion. Yna, fe aiff ati i addasu'r hanesion ar gyfer gwahanol achlysuron. Dyna'r adeg pan oedd yn ffilmio menyw yn Sir Drefaldwyn dro yn ôl. Wrth sgwrsio â'r wraig yn y gegin o flaen y camra, fe ddechreuodd y honno glodfori.

"O, Dai bach, hon yw'r peth gora sydd wedi dod yma."

Wrth iddi ddal i ganmol sylweddolodd Dai mai'r 'hon' dan sylw oedd y peiriant golchi llestri.

"Mae hon mor ddefnyddiol, fe fydda i'n ei disgrifio hi fel y forwyn."

Ymhen rhai dyddie, roedd Dai gartre yn y gegin yn llenwi'r peiriant golchi llestri â llestri brwnt pan ganodd y ffôn. Y wraig o Sir Drefaldwyn oedd ar y pen arall. A dyma hi'n gofyn i Dai beth oedd e'n ei 'neud ar y pryd? Atebodd Dai fel fflach,

"Ar hyn o bryd rwy'n llenwi'r forwyn!"

Mae gan bobol ddoniol gasgliad o'u storïau naill ai ar gyfrifiadur neu mewn llyfr nodiadau. Mae casgliad Dai ar ffurf nodiadau mewn beiro ar gefn dwsinau o gardiau sy'n hysbysebu *Cefn Gwlad*. Maen nhw'n llenwi ei bocedi a'r droriau. Felly, am noson wrth fwrdd y gegin, cefais y pleser o wylio Dai yn chwilio drwy ei gardiau ac yn dewis a dethol y storïau oedd arnyn nhw. Dyma ffrwyth y noson gofiadwy honno.

Lyn Ebenezer
Tachwedd 2005

Cefn Gwlad

Weithie ar *Cefn Gwlad* fe gawn ni fynd i gartrefi pobol lle nad oes croeso i ymwelwyr eraill fel arfer. Cartre felly oedd hwnnw lle'r oedd Geraint Rees, y Cyfarwyddwr, a finne'n eistedd yn y gegin un diwrnod. Dyw golwg Geraint ddim yn arbennig o dda ar y gore, ond roedd y gegin mor dywyll fel nad own inne'n gweld rhyw lawer chwaith.

Bob hyn a hyn rown i'n clywed sŵn rhyfedd iawn. Rhyw gwynfanu rhyfedd, sŵn pwtian a siffrwd wedyn ac ambell i sŵn sibrwd anarferol. Methu'n deg â deall beth oedd e. Fe ddes i'n ymwybodol fod yna gloc mawr yn y gornel a bron iawn i fi gael trawiad ar y galon wrth i hwnnw daro'n sydyn. Yna, dyma lafn o heulwen yn gwthio'i ffordd drwy'r ffenest ac, yn ystod yr eiliade hynny, fe wnes i weld beth oedd yn achosi'r synau rhyfedd 'ma. Yno, ar ben y cloc mawr, roedd dwy golomen yn clwydo. Fan'ny oedd eu man clwydo arferol nhw, mae'n rhaid, gan fod papur newydd wedi'i osod dros fraich y soffa i ddal y dropins.

★   ★   ★

12

Fe fuodd Jac y Wyddor, Trawsfynydd, yn gweithio i gwmni yswiriant. Wrth ymweld â ffarmwr lleol ryw ddiwrnod clywodd fod un cwmni wedi bodloni yswirio'r swclyn iddo gyda pholisi a fyddai mewn grym o'i 'enedigaeth' i'w 'farwolaeth'. Ond fe gynigiodd Jac yswiriant ag amodau gwell i'r ffermwr a fyddai'n ymestyn o'r 'codiad' i'r 'atgyfodiad'.

* * *

Un o'r cymeriade mwya diddorol i mi ei holi oedd Joni Moch o Ynys Môn. Un bore am dri o'r gloch, ac ynte ar ei ffordd adre, fe drodd Joni ei fen drosodd. Penderfynodd gysgu yn y fen, yn y fan a'r lle. Cyrhaeddodd yr heddlu, a'u cwestiwn cynta iddo oedd pam ei fod e'n cysgu yno am dri o'r gloch y bore. Ateb Jac fel fflach oedd: "Beth arall wnewch chi am dri o'r gloch y bore?"

* * *

Fe wnaethon ni ffilmio Jac Arthur o Lanwrtyd. Un tro, roedd Jac wedi cynnig mynd â menyw ifanc – ymwelydd â'r ardal – am dro i ddangos y fro iddi. Dim ond dewis o ddau le oedd ganddo fe i fynd â hi – naill ai i fyny'r mynydd neu i'r goedwig. Fe ddewisodd Jac fynd â hi i'r goedwig. Roedd hi'n ferch fonheddig iawn, a Jac nawr yn difaru na fydde fe wedi dod â losin neu rywbeth tebyg i'w gynnig iddi. Fe gofiodd fod ganddo fe oren yn ei boced ac fe gynigiodd ddarn iddi.

"Na," medde'r Saesnes. "Ar gyfer menywod beichiog mae oren."

"Iawn," medde Jac. "Fe gei di ei fwyta fe ar y ffordd nôl te."

★   ★   ★

Fe fuon ni'n ffilmio Gerallt Lloyd Owen yn saethu colomennod clai yn y Sarnau. Roedd e newydd brynu trap newydd i daflu'r colomennod clai i'r awyr, a'i spring e braidd yn gryf. Y canlyniad oedd bod rhai o'r colomennod clai yn chwalu yn yr awyr. Fe ofynnais i Gerallt beth oedd yr enw ar y rhai oedd yn chwalu? Fe atebodd yntau, gan groesi'n syth o 'mlaen i, "*No bird.*"

"Diawl," meddwn i wrtho, "os groesi di o 'mlaen i 'to, *no bard* fyddi di."

Capel ac Eglwys

Yn y dyddie pan oedd capel yn rhywbeth hollbwysig, un o'r cymwystere mwya oedd ei angen ar weinidog oedd stumog dda. Fe fydde'r pregethwr yn dod y noson cynt, ar nos Sadwrn, i'r tŷ capel. Yna, fore dydd Sul, bwyta llond bol o frecwast. Mynd i'r cwrdd yn y bore a dod nôl i fwyta llond bol o ginio wedyn.

Fe benderfynodd un pregethwr arbennig, ar ôl bod yng nghwrdd y bore, na wnâi e fynd i'r Ysgol Sul ond yn hytrach mynd i'w wely i gael gorffwys. Esboniodd i wraig y tŷ capel fod ganddo bregeth o dri chwarter awr ar gyfer y noson honno. Cyn mynd i'w wely, fe osododd y bregeth – bwndel trwchus o ddudalennau – rhwng y ddau Feibl mawr ar y dreser er mwyn gwastoti'r papurau. Wedi iddo fynd i'w wely, dechreuodd gŵr a gwraig y tŷ capel drafod y gwasanaeth hir oedd yn eu hwynebu gyda'r nos. O weld y bwndel trwchus dyma'r wraig yn tynnu rhai o'r tudalennau mas a'u llosgi nhw.

Ar ganol y bregeth, a'r pregethwr wrthi'n sôn am Efa yn gwisgo dim ond ychydig ddail, dyma fe'n dod i ddiwedd y nawfed dudalen, lle'r oedd y geiriau,

"Ac Adda a ddywedodd wrth Efa …" Ond doedd geiriau'r dudalen nesaf ddim yn dilyn. A dyma fe'n ailadrodd yr un geiriau mewn penbleth, "Ac Adda a ddywedodd wrth Efa … Ac Adda a ddywedodd wrth Efa … Mae un o'r dail yn eisie!"

★ ★ ★

Flynyddoedd yn ôl, fe gafwyd stori ym mhapur y *Sun* am ryw ficer ym Meirion a oedd yn y broses o gael ysgariad oddi wrth ei wraig. Ond ar ddiwrnod yr achos a fyddai'n sicrhau ysgariad iddynt, fe wnaethon nhw benderfynu mynd yn ôl i fyw gyda'i gilydd. Ar y noson pan oedd y stori yn y papur roedd Jac y Wyddor yn yfed yn y Rhiw Goch. Yno, wrth y bar, roedd Americanwr yn brolio bendithion ei wlad. Ac fe gafodd Jac lond bol ar hyn a dweud wrtho fod Cymru yn llawer gwell gwlad na'r America. Fe ddechreuodd y dyn ddadlau'n ôl:

"*Nonsense. We Americans have got a man on the moon.*"

Ond fe atebodd Jac e fel ergyd o wn:

"*That's nothing, we've got a vicar in the Sun!*"

★ ★ ★

Roedd gweinidog ar gapel bach yn y wlad, lle mai dim ond dau flaenor oedd, yn poeni am gyflwr yr adeilad. Roedd y ddau flaenor yn wahanol iawn i'w gilydd – y naill wedi'i eni a'i fagu yn y fro ond y llall wedi gadael yr ardal am rai blynyddoedd i fyw yn Llunden, a'i Gymraeg e wedi mynd braidd yn drwsgwl. Fe gododd y gweinidog fater cyflwr y capel o flaen y gynulleidfa ac yna gofyn i'r ddau flaenor am eu barn. Roedd y blaenor lleol o'r farn y dylid codi arian i atgyweirio'r lle. Ond roedd y llall, a oedd wedi bod i ffwrdd, yn anghytuno.

"Does dim lot o *purpose* i ti gwario pres mawr ar y capel bach yma," medde fe. "Dim ond rhyw *half dozen* sy'n dod yma bob Sul. Dyw e'n ddim byd. Man a man i ni cau a mynd i cynnal gwasanaeth mewn tŷ. Gwela i ddim *purpose* mewn casglu for a lost cause."

Fe eisteddodd. Ond gyda hynny fe ddisgynnodd talp o blastar o'r to a'i daro ar ei ben.

Fe neidiodd ar ei dra'd yr eilwaith. "Gan ei bod e mor beryglus â hyn, fi'n rhoi *five hundred pounds* i agor y cronfa."

A dyma'r blaenor arall yn mynd ar ei liniau a dweud, "O! Arglwydd mawr, hitia fe unwaith eto!"

"O Arglwydd Mawr, hitia fe unwaith eto!"

Cardi Oddi Cartref

Pan own i mas yn Kenya yn ffilmio *Jambo, Bwana*, roedden ni'n cysgu mewn pebyll. Yn anffodus roedd pob pabell yn edrych yr un fath ac roedd hi'n anodd cofio p'un oedd pabell pwy. Yr unig ffordd y medrwn i nabod 'y mhabell i oedd bod bfflo wedi caca y tu allan iddi. Fe ddaeth rhyw ddyn bach draw i glirio'r caca ond fe wnes i ddweud wrtho fe am ei adael e. Yng Nghymru, meddwn i wrtho fe, ry'n ni'n galw hynna'n Nymbyr Tŵ. Ond yn Kenya, dyna oedd rhif fy mhabell i. Ac yno y bu'r caca am dair wythnos, a hwnnw wedi sychu fel llwyth o grîm cracyrs erbyn i fi symud o 'no.

★   ★   ★

Allan yn Kenya fe aethon ni i weld un o wersylloedd y Maasai Mara. Roedd yn rhaid i ni dalu am ffilmio yno, a'r tâl yn cael ei wneud mewn geifr, nid mewn arian. Y tâl oedd pum gafr. Fe wnaethon ni eu prynu nhw a chlymu eu traed fel clymu defaid cyn eu cneifio a'u cludo nhw ar dop ein cerbyd. Roedd hi'n ddiwrnod poeth iawn, a'r ffenestri ar agor. A dyma ddiferion yn dechrau disgyn arna i. Diolch byth, meddylies i, cawod o law. Ond na, nid cawod o law oedd wedi cyrraedd. Yn hytrach, y geifr oedd yn piso o dop y cerbyd, a hwnnw'n cael ei chwythu drosta i. Sôn am ddrewdod!

* * *

Un tro wrth hedfan gyda Chôr Pendyrys i America roedd hen foi gyda ni nad oedd wedi hedfan erioed o'r blaen. Fe wrthododd yn lân â mynd i'r tŷ bach ar yr awyren yr holl ffordd draw. Roedd e'n ofan y gallai rhywun ei weld e am nad oedd llenni ar ffenest y tŷ bach! Pwy ddiawl fydde wedi medru ei weld e i fyny yn yr awyr, Duw a ŵyr? Un noson, fe wnaeth e archebu stecen mewn lle bwyta crand. Fe ofynnodd y weinyddes iddo fe sut hoffe fe gael ei stecen. Ei ateb syml oedd, "Ar blât".

* * *

Roeddwn i ymhlith y cantorion cynta a gafodd eu gwahodd i ganu yng nghyngerdd Gŵyl Ddewi Cymdeithas Gymraeg Lagos yn Nigeria. Roedd stori yn y *Western Mail* yn dweud bod pedwarawd o Gymru yn mynd mas yno a finne'n un ohonyn nhw. Ychydig cyn i ni fynd fe gwrddais i â Defis Pengarreg ym Mart Tregaron.

"Bachan, bachan, Dai – rwy'n gweld dy fod ti'n mynd mas i ganu i'r Blacs," medde fe.

"Na, na," meddwn i. "Mynd mas i ganu i Gymdeithas Gymraeg Lagos ydyn ni."

"Jiw, jiw," medde Defis. "Ma' Welsh Blacs yno 'fyd, o's e?"

★   ★   ★

Mewn cinio yng nghartre Cymro alltud yn Lagos un noson roedd parot mewn caets yn cadw tipyn o stŵr. Parot 'yn ffrind i oedd e, a hwnnw wedi mynd bant ar wylie. Dyma drefnydd y noson yn galw ar y gweinydd – dyn du a gâi ei nabod fel Friday – i gymryd gofal o'r parot. Y noson wedyn roedd cyw iâr ar y fwydlen, ac ar ôl bwyta fe longyfarchwyd Friday gan y trefnydd am baratoi cyw iâr mor flasus.

"Na, na," medde Friday. "Nid cyw iâr yw e ond parot."

Oedd, roedd Friday wedi rhostio'r parot. Fe fu'n rhaid chwilio am barot arall i gymryd lle'r un gwreiddiol – un oedd yr un maint a'r un lliw. Yn anffodus, fe osodwyd ei gaets yn rhy agos at wifren drydan. Fe bliciodd y parot y wifren ac fe'i lladdwyd gan sioc. Collwyd dau barot o fewn tridie i'w gilydd!

★   ★   ★

Allan yn y Wladfa, fe wnes i gyfarfod â Chymro o dras oedd wedi prynu set radio. Ar y radio roedd modd iddo wrando ar y gwasanaeth Cymraeg o'i gapel bob dydd Sul. Un dydd, fe'i ceryddwyd gan y gweinidog am gadw draw o'r capel. Ei ateb e oedd, "Fe alla i eich clywed chi bob dydd Sul ar y radio nawr. Mae e'n syniad ardderchog. Rwy'n gallu diffodd y radio cyn y casgliad."

Y Teulu

Roedd y teulu o ochr Nhad – teulu Brynchwith – yn deulu o ddeg o blant, a phob un yn fawr ac yn gryf, ar wahân i Nhad ac Wncwl Morgan. Ond roedd y ddau hynny hefyd yn foliog ac rwy inne wedi etifeddu'r un siâp corff. Oes, mae gen inne fol mawr. Ond un cysur i fi yw'r hyn fydde Wncwl Moc yn ei ddweud bob tro y bydde rhywun yn tynnu 'i goes e oherwydd maint ei fol. "Cofia di mai o dan y geulan mae'r pysgod mwya!"

★   ★   ★

Roedd Wncwl Moc yn arwr mawr gen i – yn un peth am ei atebion parod. Roedd y cymdogion i gyd yn prynu glo yn y Co-op, ond roedd Wncwl Moc yn prynu glo oddi wrth fasnachwr yn iard stesion Llanfarian – neu Llanrhystud Road, fel y câi'r stesion ei galw. Un dydd, fe alwodd cymydog a gofyn i Wncwl Moc sut lo oedd e'n ei gael o Lanfarian.

"Glo arbennig o dda."

"Falle'i fod e'n lo da. Ond odi fe'n cynnau'n gloi?"

"Yn gloi?! Mae e'n cynnau mor gloi, mae'n rhaid i ti 'i dowlu fe ar y tân o bellter!"

★   ★   ★

Yn aml, fe fyddwn i'n mynd i weld Bodo Lisi ac Wncwl Jim ym Mhenty Parc yn Llanilar. Roedd gen i drefniant sut i roi gwybod iddyn nhw 'mod i wedi galw, os na fydde neb gartre. Fe fyddwn i'n sgrifennu â sialc ar garreg y drws – llechen las – i ddweud 'mod i wedi bod yno. Fe fydde Bodo Lisi yn cuddio darn o sialc bob amser ar sil y ffenest.

Un dydd, fe alwodd fy nghefnder, Ceredig, ym Mhenty Parc a doedd neb gartre. Felly dyma fe'n gwneud yr hyn y byddwn i'n ei wneud gan ysgrifennu ar garreg y drws. Roedd atal dweud ar Ceredig, ac fe sgrifennodd yn yr un modd ag y bydde fe'n siarad, a'r hyn sgrifennodd e oedd, 'M-m-m-mae C-ceredig w-w-w-edi b-bod y-yma.'

★   ★   ★

Mae pawb yn gwybod fod arna i ofn cathod. Ond does dim pawb yn gwybod pam. Rown i yn y gwely un diwrnod yn diodde o'r ffliw pan alwodd Olwen Maesbeidiog gyda Trefor, fy mrawd.

Roedd Trefor wedi cuddio cath y tu ôl i'w gefen, ac yn sydyn, fe dowlodd e'r gath ar ben y gwely. Fe wylltiodd y gath ac fe gydies i ynddi. Ond, fe'i gwasges hi wrth gydio ynddi, a dyma hi'n caca ar y gwely. Yn fy ofn fe daflais i'r creadur mas drwy'r ffenest. A byth oddi ar hynny rwy wedi bod ag ofn cathod.

$\star$ $\star$ $\star$

Yn Llunden y ces i 'ngeni, ac fe fedra i siarad Saesneg fel Cocni o hyd. Roedd Nhad a Mam bron iawn yn uniaith Gymraeg pan aethon nhw i Lunden, ond roedd Mam yn gwneud ei gorau i siarad Saesneg graenus. Un diwrnod fe fethodd Nhad â mynd i'w waith. A dyma Mam, yn ei Saesneg gorau, yn ffonio cyflogwr Nhad a dweud, "I'm ever so sorry, but my husband isn't able to come to work today. He's sufferring with diarrhoea."

A'r bos yn ateb: *"Damn it, Mrs Jones, I can't spell that. Do you mind if I put 'the shits' dahn instead?"*

$\star$ $\star$ $\star$

Un tro yn Llunden fe aeth Mam â fi, fy mrawd Trefor, Glenys fy chwaer, ac Islwyn, cefnder i ni, i dynnu'n llunie. Roedd mam wedi mynd i'r toiled pan ofynnodd y ffotograffydd – Cocni rhonc

– i ni a oedden ni'n barod i gael tynnu ein llunie. Islwyn atebodd.

"*Yes, we want to pull our photos together. You can pull us all — me, him, she and it.*"

Hen Ŷd y Wlad

Yn nyddiau bysus bach y wlad fe fydde siopwyr yn manteisio ar y gwasanaeth drwy gael y gyrrwr i gario nwyddau yn ogystal â theithwyr. Un dydd, dyma'r bwtsiwr yn neidio ar y bws gyda pharseli o gig dan ei gesail. Yno, ym mhen blaen y bws roedd hen gymeriad o Dregaron, Jac Bwlchffin.

"Diawl," medde'r bwtsiwr, "ma'r bws 'ma'n cario pob siort glei."

"Odi," medde Jac. "Jwmpa mewn."

★ ★ ★

Un tro, fe wnaeth Jac ei fusnes o dan ddelw Henry Richard. A dyma'r Sarjiant yn cyrraedd wrth i Jac godi'i drowser.

"John," medde'r Sarjiant, "rwy'n ofan y bydd yn rhaid i fi wneud cês o hwn."

"Gwna di beth fynnot ti ag e," medde Jac. "Rwy i wedi bennu ag e."

★ ★ ★

Amser y rhyfel yn Sir Aberteifi roedd gwas ffarm, a hwnnw'n weithiwr caled, wedi'i ddal yn dwyn hanner rhes o swêds er mwyn bwydo'i deulu. Fe gafodd ei anfon i sefyll o flaen ei well. Ac fe anfonwyd y creadur bach i'r carchar am chwe mis. Fe gafodd ei gludo i'r carchar yn Abertawe a'i gloi mewn cell. Yn siario'i gell roedd rhyw flagard mawr. A dyma hwnnw'n gofyn i'r boi bach beth oedd ei drosedd.

"Dwgyd hanner rhes o swêds," medde fe, "ac am hynny fe ges i chwe mis."

"Diawl, do's dim lle 'da ti i gwyno," medde'r blagard mawr. "Fe ges i bymtheg mlynedd ar hugain."

"Uffarn! Am beth?"

"Rêp."

"Rêp! Diawl, mae'n rhaid dy fod ti wedi dwgyd y ca' cyfan."

★   ★   ★

Pan ddaeth y trowsusau glaw ar y farchnad am y tro cynta roedd hen foi, ar ôl cael peint neu ddau, yn cael trafferth i fynd ati i biso. Dyna lle roedd e'n twrio ac yn ymbalfalu ym mherfeddion y trowsus.

"Diawl," meddwn i. "Shwd wyt ti'n dod i ben gyda'r pyjamas yn y gwely'r nos?"

"Dim problem," medde fe. "Mae 'na ddau ohonon ni i chwilio amdani fan'ny."

* * *

Mae yna sôn am yr un hen foi hefyd mewn rhyw sioe yn dod mas o dŷ bach y menywod. A rhyw fenyw go barchus ar y ffordd i mewn yn ei weld e'n dod mas ac yn cau ei gopis.

"Ddyn ofnadwy, i ni fenywod mae hwn," medde hi.

Ac yntau yn ateb, "I fenywod mae hon hefyd."

* * *

Mae hon yn stori wir am hen gymeriad o waelod y sir oedd yn treio'i brawf gyrru. Gyda llaw, roedd e wedi ffaelu ddeunaw gwaith yn barod. Beth bynnag, roedd e'n gyrru drwy Lambed, ac ar y comin fe welodd gwrci ar gefn cath. Fe geisiodd eu harbed drwy lywio'r olwynion bob ochr iddyn nhw. Ond na. Fe deimlodd yr olwyn ôl yn mynd drostyn nhw. Fe edrychodd y dyn oedd yn rhoi'r prawf iddo yn ôl a thorri'r newydd drwg.

"Rwy'n ofni i chi ladd y cwrci."

"Dyna beth od," medde fe, "y boi ar y pilion sy'n ei cha'l hi bob tro."

* * *

Ffermwr yn galw mewn banc i ofyn am fenthyciad. Roedd e wedi ffansio tractor newydd. Ond fe gafodd gerydd gan y rheolwr.

"Ti," medde fe, "yw'r ffarmwr gwaetha yn yr ardal. Rwyt ti mewn diawl o ddyled fel mae hi. Does gen ti ddim gobaith cael benthyciad."

"Damio. Biti 'fyd. Roedd 'yn llygad i ar y tractor 'na."

"Wel," medde'r rheolwr, "dal di i gadw dy lygad arno, waeth chei di byth 'mo dy din arno fe."

★ ★ ★

Mae clwy fel y traed a'r genau a'r e-coli wedi newid bywyd bwtseriaid yn llwyr. Glanweithdra yw popeth nawr. Fe aeth Mari Tan Lan at y bwtsiwr a synnu wrth 'i weld e'n defnyddio gefail fach fetel i drin y cig.

"Dere â tshopen fach," medde Mari. A dyma'r bwtsiwr yn codi'r tshopen â'r efail fach, ei gosod ar y dafol ac yna'i gosod hi'n deidi mewn bag.

"Dere â sosej neu ddwy 'fyd," medde Mari. A'r bwtsiwr unwaith eto yn gafael yn y sosejys â'r efail a'u gosod nhw ar y dafol ac yna mewn bag.

"Beth yw'r pinsiwrn 'ma sydd gen ti i drin y cig?" gofynnodd Mari.

"Iechyd a diogelwch," medde'r bwtsiwr. "Dyna yw popeth heddi."

"Beth wyt ti'n neud pan ei di i'r tŷ bach?" gofynnodd Mari.

Roedd cordyn am ganol y bwtsiwr yn dal ei drowser i fyny, a dyma fe'n tynnu coes Mari. "O, fe fydda i'n ei thynnu hi mas â'r cordyn yma."

"Diddorol iawn," medde Mari. "Ond shwd wyt ti'n 'i rhoi hi nôl?"

"Hawdd," medde'r bwtsiwr. "Rwy'n defnyddio'r efail fach 'ma."

★ ★ ★

Stori wir am hen foi oedd yn mynd i'r Sioe Frenhinol bob blwyddyn gyda'i gobiau. Y dyddiau hynny, y clapometer oedd yn penderfynu pa geffyl fyddai'n ennill. Ac roedd gan hwn farch oedd yn un arbennig iawn, ac yn ennill bob blwyddyn. Un flwyddyn, y Dywysoges Margaret oedd yr ymwelydd Brenhinol, ac wrth gwrs, roedd hi am longyfarch perchennog y cob buddugol a chael golwg ar y ceffyl. Dyma hi'n tynnu ei llaw dros gefn y cob ac yn llongyfarch Jac, ei berchennog.

"Wel, dyma beth yw creadur nobl."

"Ie, ie," medde Jac, heb ddeall fawr o Saesneg.

"Mae hwn yn enghraifft wych o'r brîd," medde hi eto.

"Odi, odi," medde Jac.

"Dwedwch wrtha i, pa mor bell nôl mae ei bedigri fe'n mynd?"

"Beth?"

"Ei bedigri fe. Pa mor bell nôl mae e'n mynd?"

"O diawl," medde Jac, "pan mae hi mas i gyd, mae hi'n twtsh â'r llawr."

★　★　★

Un nos Sul roedd Dic Rees, Pennal, a finne yn canu yn Neuadd Albert ac wedi ymddangos ar y teledu. Y bore wedyn rown i lawr yn y pentre, a phwy weles i yno ond Stephen y Felin.

"Diawl, Dai," medde fe, "fe wnes i joio dy weld ti a dy glywed ti ar y telifision neithiwr."

"Diolch," meddwn i.

"A diawl, Dai, roeddet ti'n edrych yn smart. Roeddet ti'n rial gŵr bonheddig yn dy got-cachu-trwyddi."

★　★　★

Fe fydda i'n meddwl bod byd yr henoed yn debyg iawn i fyd plant. Yn y ddau mae 'na ryw onestrwydd a diniweidrwydd. Un tro fe fues i'n cael sgwrs â'r trigolion yng ngartre'r henoed yn Bow Street a chael hwyl fawr. Tua deg o'r gloch fe ddaeth hi'n amser i'r hen bobol fynd i'w gwlâu. Fe gododd rhai ohonyn nhw, ac fe godes inne er mwyn mynd adre. A dyma un ohonyn nhw'n troi ata i a dweud, "Diawl, Dai, wi'n synnu eu bod nhw'n dy anfon *di* i'r gwely. A gweud y gwir, i fi, rwyt ti'n edrych yn ddigon iach i gael mynd adre."

"Broth-el, myn uffern i!"

Dynion Dŵad

Roedd rhyw Sais mawr – rhyw hen Major – wedi prynu tafarn yng nghefen gwlad Sir Aberteifi. Ac fel cymaint o rai sydd â bwriadau uchel, fe aeth yr hwch drwy'r siop. Un noson, dim ond un cwsmer oedd ganddo fe – rhyw hen foi lleol. A dyma'r tafarnwr yn dechre sôn wrth yr hen foi am ei gynlluniau.

"*I think I'll close this place as a pub and open a brothel,*" medde fe.

A'r hen foi yn ateb, "*Damn, if you can't sell beer, how the hell do you think you'll be able to sell broth?*"

★ ★ ★

Rhyw hen fenyw o bant wedyn wedi dod i gadw'r siop leol, a hen foi bach yn mynd i mewn bob bore i brynu'r papur dyddiol. Doedd e ddim yn lico'r fenyw, ond roedd e'n teimlo y dyle fe fod yn sifil. A dyma fe'n holi hynt ei gŵr.

"Shwd ma' Bert?"

"Mae e newydd fynd i'r dre i gael fasectomi," medde'r fenyw.

"Diawl," medde'r hen foi. "Newydd gael y *Vauxhall* mae e!"

★ ★ ★

Roedd gwas 'da ni adre ar ffarm fy ewyrth nad oedd yn hoff iawn o folchi. Dim ond cyn mynd i'r cwrdd y bydde fe'n siafio a dim ond unwaith bob pythefnos y bydde cwrdd yn ca'l ei gynnal yn y capel. Un bore dydd Llun, a'r cwrdd heb ei gynnal y noson cynt, a Wil heb folchi na siafo ers wythnos, a gan ei fod e'n cnoi baco roedd hwnnw'n ddu dros ei ên. Y jobyn cynta gafodd e'r bore dydd Llun hwnnw oedd carthu o dan y moch. Fe alwodd dyn dieithr yn ystod y bore a gofyn am y gwas. Dyn y Dreth Incwm oedd e, ac fe ofynnodd i fy ewyrth am gael gweld William Jones.

"Iawn," medde fy ewyrth. "Ce'wch lawr fan draw i'r twlc. Carthu o dan y moch mae e. Gyda llaw, Wil yw'r un sy'n gwisgo cap."

★ ★ ★

Roedd Lisi ac Owen, brawd a chwaer, yn byw ym Mhengelli. Un diwrnod fe alwodd perthynas iddyn nhw ac roedd wedi dod â ffrind gyda hi o Lunden a honno'n Saesnes ronc. Dyma Lisi, wrth gwrs, yn gwneud te, a'r fenyw – gan ei bod hi braidd yn barticiwlar – yn gofyn am gwpan binc. Iawn. A dyna lle roedd Lisi yn dal tebot digon mawr i ddisychedu'r pum mil yn barod i arllwys. Ond cyn iddi lwyddo gneud dyma'r Saesnes yn torri ar ei thraws.

"Esgusodwch fi, ond allwn i gael rhyw hanner llwyaid o siwgwr, yng ngwaelod y cwpan, te gwan iawn, a rhyw smotyn bach, bach o laeth ar ei ben e wedyn."

Fe edrychodd Lisi arni, a'r tebot yn dal yn ei llaw, a gofyn, "Odych chi'n moyn i'r te ddod mas ar unrhyw sbîd arbennig?"

★   ★   ★

Pan gafodd Owen a Lisi eu bil trydan cynta erioed, dim ond swllt a chwech oedd e. Ac Owen yn esbonio pam fod y bil mor fach. "Dw'i ddim yn ei roi e mlân ond i ffeindio'r gannwyll."

★   ★   ★

Fe ddaeth menyw ddierth i fyw i'r fro – un nad oedd yn gwybod rhyw lawer am fywyd y wlad. Yn byw heb fod ymhell oddi wrthi roedd Jim Sbaddwr. Ond roedd hi'n meddwl mai Jim Sparrow oedd ei enw fe. Un dydd roedd Jim wrthi'n sbaddu eidon neu ddau. A dyma'r fenyw'n aros i'w weld e wrth ei waith. Fe ofynnodd hi i Jim sut y bydde'r eidon yn teimlo'r bore wedyn. Fe gafodd ateb annisgwyl gan Jim.

"Yr un peth ag y bydda i'n teimlo ar fore dydd Sul. Pen tost a phwrs gwag."

Y Gyfraith

Does dim pawb yn gwybod hyn, ond fe ddaeth y Pab John Paul i Gymru a glanio ym maes awyr Y Fali ar Ynys Môn. Fel arfer, pan fyddai e'n cyrraedd gwlad arall fe fydde fe'n cusanu'r ddaear. Ond fe fethodd yn Sir Fôn am fod gormod o gachu defaid yno. O'r Fali, fe gafodd gar i'w gludo i lawr i Gaerdydd gyda shôffyr at ei wasanaeth. Ond fe deimlodd y Pab fod y gyrrwr yn mynd yn rhy araf.

"Cer yn gynt, cer yn gynt," medde'r Pab, wrth iddyn nhw deithio ar y ffordd syth wedi gadel Trawsfynydd ac am Ddolgellau. Ond feiddiai'r gyrrwr ddim mynd yn rhy gyflym. Erbyn cyrraedd Pont Abraham roedd syched ar y Pab ac fe stopion nhw i gael paned o de. Ac fe ddechreuodd y Pab gwyno unwaith eto fod ei yrrwr e'n mynd yn rhy ara. Felly, gan fod yna draffordd o fan'ny yr holl ffordd i Gaerdydd fe gynigiodd y shôffyr i'r Pab gael gyrru.

A dyna a fu, gyda'r shôffyr nawr yn eistedd yn y cefn. Bant â nhw, a'r Pab yn gyrru fel cath i gythrel. Heibio i Sarn Parc, a'r Pab yn gwneud rhyw 140 milltir yr awr. Wrth ochr yr hewl roedd plismon ar fotor-beic ar batrôl. Pan welodd e'r car 'ma'n mynd heibio mor gyflym, bant ag e ar ei ôl, â'r golau glas yn fflasho. Fe lwyddodd y plismon ar ôl cwrso a chwrso i basio'r car a rhoi arwydd i'r gyrrwr stopio. Fe ufuddhaodd y Pab, ac fe barciodd y plismon ei fotor-beic o flaen y car a draw ag e am sgwrs. Fe agorodd y Pab ei ffenest, a phan oedd y plismon ar fin rhoi pregeth iddo, dyma fe'n sylwi bod rhywbeth rhyfedd iawn yn digwydd. Felly fe alwodd e'r Prif Gwnstabl ar ei radio.

"Gwrandwch," medde fe, "rwy newydd stopio car yn mynd 140 milltir yr awr. Beth wna i?"

"Bachan diawl," medde'r Prif Gwnstabl, "cyhudda fe o oryrru. Mae unrhyw un sy'n gwneud 140 milltir yr awr yn haeddu carchar."

"Wi'n gwbod," medde'r plismon, "ond mae'r dyn yn y cefen yn edrych fel rhywun pwysig iawn."

"Pwysig? Beth ti'n feddwl? Rwy i yn Brif Gwnstabl. All e ddim bod mor bwysig â fi."

"Mae'n ddrwg gen i ddweud hyn, Syr, ond mae e'n llawer iawn pwysicach na chi."

"Mwy pwysig na fi? Pwy yw e, te?"

"Does gen i ddim syniad. Ond mae'n rhaid ei fod e'n uffernol o bwysig gan mai'r Pab sy'n ei yrru fe."

★   ★   ★

Hen foi yn gyrru ei *Subaru* adre o'r dafarn ac yn woblo rhyw ychydig. Dyma'r plismon lleol yn ei stopio a'i holi.

"Beth yw'ch enw chi?"

"William Jones."

"Pryd ma'ch pen-blwydd chi?"

"Mis Tachwedd."

"Pa flwyddyn?"

"Diawl, bob blwyddyn glei."

Wedyn, bu'n rhaid iddo fe fynd â'i ddogfennau gyrru i Swyddfa'r Heddlu. Fe safodd yno a syllu o'i gwmpas. A dyma fe'n gweld lluniau ar y wal o bobol roedd yr heddlu'n chwilio amdanyn nhw.

"Diawl, mae lle neis 'da chi 'ma. Lluniau neis. Eich teulu chi, dwi'n cymryd?"

"Nage, pobol ry'n ni'n chwilio amdanyn nhw."

"Diawl, pam na fyddech chi wedi eu cadw nhw 'ma, te, pan dynnoch chi eu lluniau nhw?"

Whare Plant

Does dim byd yn well na hiwmor diniwed plant. Daeth 'na groten fach bump oed i'n tŷ ni unwaith, ychydig cyn y Nadolig. Roedd ei thad a'i mam gyda hi. Fe adawodd y ferch fach a'i mam er mwyn mynd draw i weld Mam-gu gan adael ei thad ar ôl 'da fi. Pan gyrhaeddon nhw, dyma Mam-gu'n ei holi:

"Ble mae Dada?"

"Mae Dada gyda Dai."

"O, a be' maen nhw'n neud?"

"Maen nhw'n yfed pop."

"Pa fath o bop?"

"Dw'i ddim yn gwbod, ond ma' llun iâr ar y botel."

Ca'l diferyn bach o wisgi *Grouse* roedden ni, wrth gwrs.

★   ★   ★

Roedd gŵr a gwraig yn ddi-blant, ond yna, a hwythe'n tynnu 'mlân mewn oedran, fe gawson nhw fab. Fe fu hwnnw'n llewyrchus iawn ym myd addysg ac fe gafodd fynd i'r Coleg Amaethyddol lle graddiodd e'n anrhydeddus. Roedd y mab yn fachan modern, a dyma fe'n awgrymu nawr y dyle'r hen le bach gael ei foderneiddio. Doedd ar y tad fawr o awydd mentro, ond roedd y fam yn benderfynol y dyle'r mab gael ei ffordd, hyd yn oed petai e'n dweud ei fod e am fynd i'r lleuad ar feic.

Fe benderfynodd y mab y dylen nhw brynu'r ffarm drws nesa. Ond roedd angen benthyg pres. A dyma fynd at reolwr y banc. Dim i weld un rheolwr yn unig, ond i weld rheolwr pob banc yn y dre er mwyn cael y ddêl orau. Fe aeth ei dad gydag e. I mewn â nhw i'r HSBC, a phopeth yn mynd yn dda. Yna, dyma'r rheolwr yn gofyn i'r tad a oedd ganddo fe unrhyw gwestiwn.

"Pa mor aml y byddwch chi'n molchi?" gofynnodd y tad.

"Wel, cwestiwn od," medde'r rheolwr. "Ond yr ateb yw, fe fydda i'n molchi bob bore a chael bath bob nos Wener."

Allan â nhw, a'r mab yn ceryddu ei dad am ofyn cwestiwn mor ddiwerth. Fe aethon nhw o un banc i'r llall, a'r tad yn gofyn yr un cwestiwn bob tro. Dyma ddod i'r banc olaf, Barclays. A'r rheolwr, ar ôl trafod gyda'r mab, yn gofyn i'r tad oedd ganddo fe gwestiwn. Yr un cwestiwn yn dod eto:

"Pa mor aml byddwch chi'n molchi?"

"Cwestiwn od," medde'r rheolwr. "Ond does neb

yn fwy particiwlar na fi am lanweithdra. Rwy'n cael cawod bob bore, bob amser cinio, a bath bob nos. Fe fydda i'n golchi 'nwylo bob tro y bydda i wedi bod yn y toiled neu ar ôl i fi gydio mewn rhywbeth. Rwy'n ffanatig am folchi."

Fe aeth y tad a'r mab allan, a chyngor y tad i'r mab oedd y dylai ddewis y rheolwr diwetha iddyn nhw ei gyfweld.

"Pam?" gofynnodd y mab.

"Wel, mae angen boi glân arnat ti, waeth fe fyddi di'n llyfu ei din e am weddill dy oes."

Y Doctor

Hen foi yn mynd i'r gwely ac yn mynd â thri gwydr gydag e fel y bydde fe bob nos a'u gosod nhw ar silff wrth ochr y gwely. Roedd e'n rhoi dŵr yn y tri – un i gadw'i ddannedd, un arall i gadw'i lygad gwydr a'r trydydd i gael llwnc o ddŵr pan fydde syched arno fe yn ystod y nos. Ond un noson, ac ynte'n sychedig, fe yfodd o'r gwydr anghywir ac fe lyncodd ei lygad gwydr. Fe aeth at y doctor, ac esbonio wrtho beth oedd wedi digwydd. Dyma hwnnw yn dweud wrtho fe am agor ei geg yn llydan. Fe wthiodd dortsh i lawr ei wddw a syllu'n fanwl.

"Wela i ddim byd," medde'r doctor. "Nawr, gadewch i ni gael golwg ar y pen arall. Tynnwch eich trowser a phlygwch dros y bwrdd."

Fe wnaeth yr hen foi hynny'n ufudd, a'r doctor nawr yn goleuo tortsh lan ei ben-ôl ac yn syllu'n fanwl eto.

"Na, wir," medde'r doctor. "Wela i ddim byd tro hyn chwaith."

"Dyna beth od," medde'r hen foi. "Rwy'n eich gweld chi'n glir."

* * *

Fe aeth Wil at y doctor i gael archwiliad – rhyw
MOT blynyddol. Dyma'r doctor yn gofyn iddo
fe oedd e'n yfed.

"Odw. Rhyw wisgi bach gyda'r nos ac ambell i
beint ar nos Sadwrn."

"Odych chi'n smoco?"

"Odw. Rwy'n dueddol o rowlo ambell i ffag."

"Odych chi'n foi am fenywod?"

"Wel, mae 'na widw fach neis yn byw drws nesa,
ac fe fydda i'n galw heibio weithie."

"Wel, gadewch i fi'ch rhoi chi yn y pictiwr. Chi'n
sylweddoli, on'd y'ch chi, bod y pethe hyn i gyd yn
arwain at farwolaeth araf?"

"Diawl, popeth yn iawn," medde Wil. "Sdim
tamed o hast arna i."

* * *

Roedd yna hen gymeriad yn bwriadu mynd ar
ei wyliau i Sbaen. Ond roedd e'n awyddus i
golli pwyse gynta cyn mynd. Roedd e'n teimlo mai'r
unig ffordd o 'neud hynny oedd drwy fynd i'r ysbyty
a chael weiro ei geg fel na alle fe fwyta dim byd. A
dyna wnaeth e. Fe weiron nhw ei geg ac fe gâi ei
fwydo wedyn drwy'r pen arall gan ddefnyddio piben
rwber a thwndis, neu dwmffat.

Un dydd, roedd e'n teimlo'n sychedig ac fe ofynnodd i'r nyrs am baned o de. Fe ddaeth hithe â phaned iddo fe, ei droi fe drosodd a gwthio'r biben i mewn i'w ben-ôl. Yna fe arllwysodd y te i lawr drwy'r twndis a'r biben. A dyma fe'n gweiddi:

"Stop! Stop!"

"Be' sy'n bod?" gofynnodd y nyrs. "Odi fe'n rhy boeth?"

"Nag yw," medde'r hen foi, "ond sdim siwgwr ynddo fe!"

★   ★   ★

Menyw yn mynd â'i gŵr i'r syrjeri. Ar ôl i'r doctor roi archwiliad manwl iddo fe, dyma fe'n anfon y gŵr mas a galw'r wraig i mewn i gael gair â hi. Hithe nawr yn becso.

"Odi fe'n mynd i fod yn iawn, doctor?"

"Odi, odi, Mrs Jones fach. Ond mae angen 'neud mwy o brofion arno fe."

"Pa fath o brofion?"

"Wel, rwy angen gwahanol samplau. Sampl o'i iwrin, sampl o'i *faeces*, a sampl o'i *semen* e."

"Iawn, doctor," medde hi a mynd allan at John ei gŵr.

"Beth 'wedodd e?" gofynnodd y gŵr.

"Ma' fe eisie dy weld ti 'to, wthnos nesa, John. A'r tro nesa cer â dy bants gyda ti."

Creaduriaid

Roedd bachan ifanc o Langwyryfon am fynd i'r syrcas fel dyn dofi llewod. Ac fe aeth i gael gwersi i ddod yn gymwys ar gyfer y swydd. Dyma roi gwers ymarferol iddo fe. Allan â'r llew o'i gaets, a'r bachan ifanc braidd yn ofnus, yn naturiol, a dyma fe'n holi'r hyfforddwr beth oedd e fod i 'neud nesa.

"Gwaedda arno fe nerth dy ben," medde'r hyfforddwr. "Dangos iddo fe o'r dechre pwy yw'r bos."

Dyma'r boi yn gwneud hynny, ond dal i ddod 'mlaen ato fe roedd y llew.

"Beth wna i nesa?"

"Chwifia dy chwip nes 'i bod hi'n cratshan."

A dyma fe'n gweiddi a chratshan ei chwip. Ond dod 'mlaen amdano fe wnâi'r llew. Cydiodd yn y chwip yn ei geg a'i malu hi.

"Beth wna i nesa?"

"Paid â gwylltio. Cerdda tuag yn ôl yn ara bach, a chadw i syllu i lygaid y llew. Nawr, mae dwy stôl y tu ôl i ti. Cydia mewn un ohonyn nhw a thafla hi at y llew."

Fe ddilynodd y boi y cyfarwyddiade. Fe daflodd

un, ond fe fethodd â bwrw'r llew.

"Beth wna i nawr?"

"Tafla'r stôl arall ato fe."

"Beth os metha i fe 'to?"

"Os methi di fe 'to, cadw i syllu i fyw 'i lygaid e. Wedyn, plyga lawr yn ara bach, gafaela mewn lwmp o gaca a thafla fe at y llew."

"Beth os na fydd yna gaca?"

"Metha di fe gyda'r ail stôl, ac *fe* fydd yna gaca tu ôl i ti."

★   ★   ★

Roedd gan ryw wraig ast Chihuahua pedigri arbennig iawn. Ond roedd un bai arni. Roedd ganddi dri blewyn bras o dan ei gên. Mae hyn yn wir am amryw o gŵn, ond gyda'r Chihuahua gall hyn fod yn fai mawr. Fe aeth y fenyw â'r ast i Sioe Crufts ac fe ddaeth yr ast yn ail.

"Roedd fy un i'n well na'r enillydd," medde'r fenyw wrth y beirniad.

"Rwy'n cytuno," medde'r beirniad, "ond mae'n rhaid i chi gael gwared ar y tri blewyn bras 'na. Fyddwch chi damaid gwell o'u siafio nhw – fe fyddan nhw'n dal i fod yna ac fe dyfan nhw nôl. Mae'n rhaid cael gwared arnyn nhw'n llwyr."

Fe aeth y fenyw at y fferyllydd lle gwelodd hi stwff i waredu blew gan adael y croen yn gwbwl lyfn. Ac fe brynodd hi'r stwff. Fe ofynnodd i'r fferyllydd a oedd 'na unrhyw ffordd arbennig o ddefnyddio'r stwff.

"Na, ddim yn arbennig," medde fe, "ond rhowch ddigon o drwch a rhwbiwch e i mewn yn drylwyr. Ond wedi gneud, peidiwch â gwisgo sane am ddiwrnod neu ddau."

"O, na, ry'ch chi wedi camddeall," medde'r fenyw.

"Yr un cynta 'rioed i fi weld yn bwyta chips!"

"Nid ar gyfer 'y nghoese i mae e, ond ar gyfer fy Chihuahua."

"O, diawl, sori," medde'r fferyllydd. "Os hynny, peidiwch â reido beic am fis!"

★ ★ ★

Yn ystod yr adeg pan oedd bysus bach y wlad yn eu hanterth roedden nhw'n cario popeth. Ond adeg y Nadolig fe fydde arwydd ar y bws yn dweud *No Poultry*. Roedd hen foi yn awyddus i fynd â gŵydd fyw i'w chwaer yn Nhregaron pan welodd e'r arwydd. Yr hyn 'naeth e oedd gwthio'r ŵydd, a'i phen am i lawr, o dan ei got fawr, mynd ar y bws ac eistedd yno'n dawel. Wrth i'r bws fynd ar ei thaith, fe wthiodd yr ŵydd ei phen mas rhwng dau fotwm ei got rhwng coesau'r hen foi.

Gan fod y ffordd mor arw ac anwastad roedd pen yr ŵydd yn pendilio nôl a mlân.

Yn eistedd wrth ymyl yr hen foi roedd rhyw fenyw fach yn bwyta tships. Dyma'r ŵydd, yn awr ac yn y man, yn gwthio'i phen i'r pecyn tships a dwyn un neu ddwy. A dyna lle'r oedd y fenyw a'i hwyneb yn goch. Medde'r hen foi wrthi yn y diwedd:

"Chi ddim wedi gweld un o'r rhain o'r blaen, odych chi?"

"Do," medde hi, "lawer gwaith. Ond dyna'r un gynta erioed i fi weld yn bwyta tships."

* * *

Roedd gan rhyw hen foi gi arbennig o glyfar. Fe
fydde'r ci yn mynd bob dydd i siop y pentre,
a thra bydde'i berchennog yn gwneud brecwast, fe
fydde'r ci yn nôl y *Western Mail* iddo fe. Ond, un bore,
fe ddychwelodd y ci heb y papur newydd ac fe aeth
yr hen foi i lawr i'r siop er mwyn gweld beth oedd
yn bod. Fe sylweddolodd fod dyn dierth wedi cymryd
at y siop ac fe geisiodd berswadio hwnnw i barhau
â'r trefniant arferol – y ci yn nôl y papur dyddiol bob
bore ac ynte i dalu ar ddiwedd yr wythnos. Ond fe
wrthododd y siopwr newydd. Fedre fe ddim cymryd
y risg. Fe awgrymodd yr hen foi felly y bydde fe'n
clymu pwrs am wddw'r ci a rhoi pres yn y pwrs yn
ddyddiol ar gyfer y papur. Fe gytunodd y siopwr.

Drannoeth, er mwyn bod yn siŵr o blesio'r siopwr,
fe osododd yr hen foi werth wythnos ymlaen llaw
o bres yn y pwrs. Bant â'r ci, ac fe aeth yr hen foi
ati i baratoi brecwast. Ond doedd dim sôn am y ci
yn dod adre â'r papur dyddiol. Fe aeth yr hen foi
i'r siop a chael gwybod gan y siopwr nad oedd y ci
wedi bod ar gyfyl y lle. Felly fe aeth y perchennog
mas i chwilio am ei gi. Fe ffeindiodd e fe yn y parc
yn chware gyda gast pwdl.

"Be ddiawl ti'n neud, Pero?" gofynnodd yr hen
foi. "Dwyt ti erioed wedi 'neud hyn o'r blaen."

"Wi'n gwybod hynny," medde Pero. "Ond fuodd 'na erioed gymaint o bres yn 'y mhoced i o'r blaen chwaith."

★   ★   ★

Fe gychwynnodd yr arwerthiannau hyrddod i fyny yn yr Alban, a ffermwyr o Gymru yn meddwl na welwyd erioed y fath hyrddod. Fe brynodd rhyw Gardi bach hwrdd, ond o fynd ag e adre doedd e ddim yn perfformio. Fe aeth at y fet ac fe gafodd dabledi a fydde'n gwneud y tric. Fe ddwedodd wrtho fe am roi dwy dabled y dydd i'r hwrdd, ei gau mewn sied dywyll a'i adael mas mewn deg diwrnod. Cafodd orchymyn i gadw llygad arno fe.

Y bore y cafodd yr hwrdd ei adael mas, roedd y ffermwr wedi mynd i Fart Tregaron, a John y gwas bach oedd yng ngofal pethe. Roedd hi'n hen fore bwrw glaw mân, a dyma gwraig John yn awgrymu y galle fe gadw golwg ar yr hwrdd drwy'r ffenest. Dyna ddigwyddodd. Yno roedd yr hwrdd ynghanol y defed ac yn gweithio'i orau – twr o ddefed o'i flaen wedi cael eu pleser, a thwr o'i ôl yn disgwyl eu tro. Dyna lle'r oedd John yn ebychu gyda phob dafad a gâi sylw'r hwrdd. A gwraig John wrth weld hyn yn digwydd yn sychu'r jwg am y seithfed tro.

"Diawch, John," medde hi, "ma'r tabledi 'na'n gweithio'n dda. Beth oedd eu henw nhw?"

"Does gen i ddim syniad," medde John, "ond mae blas mint arnyn nhw."

★   ★   ★

Crwt bach yn mynd i'r syrcas gyda'i fam, ac wedi mwynhau ei hunan yn fawr. Fe ffolodd ar y clowns a'r acrobats, y llewod a'r teigrod, ond yn arbennig ar yr eliffant. Ar ôl mynd adre o'r *matinée*, fe ofynnodd i'w dad fynd ag e unwaith 'to i'r sioe gyda'r nos. Ac fe aeth ei dad ag e yno. Unwaith eto roedd y crwt bach wrth ei fodd gyda'r clowns a'r acrobats a'r holl greaduriaid. Ac yn enwedig yr eliffant. Ac fe aeth ei dad ag e y tu ôl i'r babell er mwyn cael golwg fanylach ar yr eliffant yn ei gwt.

"Ew, Dad, dyma beth yw creadur mawr. Sbïwch ar 'i glustie mawr e."

"Ydy, mae e'n greadur mawr, on'd yw e."

"Dad, beth yw'r peth hir 'na sy ganddo fe?"

"Ei drwnc e, bach."

"Na, na, y peth hir arall 'na."

"Ei gynffon e."

"Na, na, y peth hir arall sy o tano fe."

"Bachan, paid â gofyn cwestiwn mor ddwl. Ti'n gwybod beth yw hwnna."

"Na'dw Dad. Beth yw e?"

"Bachan, paid â gofyn cwestiwn mor dwp ynghanol pobol fan hyn."

"Sdim ots 'da fi am y bobol, Dad. Dwedwch beth yw e."

"Wel, os o's rhaid i ti gael gwybod, ei wili fe yw honna."

"Pan ofynnes i'r prynhawn 'ma i Mam, wedodd hi bod e'n ddim byd."

A'r tad yn ateb yn llawn balchder: "Do, siŵr o fod. Mae dy fam wedi cael ei sbwylio, ti'n gweld."

Gwyddelod

Rwy i wrth 'y modd gyda'r Gwyddelod. Mae rhai pobol yn meddwl eu bod nhw'n dwp. Ond na – ni sy'n dwp. Rwy'n hoffi'r stori am y Gwyddel hwnnw'n dod mas o'r eglwys â llygad du. Roedd e'n Warden yn yr eglwys ac fe ddwedodd y Tad wrtho fe,

"Rwy'n synnu atat ti, Seán. Dyma ti'n mynd i mewn i eglwys Dduw ar y Sabath yn holliach ond yn dod mas gyda llygad du. Beth ddigwyddodd?"

"Pan godon ni i ganu, roedd blonden bert yn sefyll o 'mlaen i. Roedd ei ffrog hi, ar ôl iddi fod yn eistedd yno am sbel, wedi mynd i fyny i'w phen-ôl hi. Dyma fi'n meddwl bod hynny siŵr o fod braidd yn anghysurus. A gan fy mod i'n sefyll yn union y tu ôl iddi, fe dynnais i gwt ei ffrog hi mas. Ond fe drodd hi rownd a nharo i yn fy llygad yn eitha cas."

"Dyna fe," medde'r Tad. "Dwyt ti ddim i fod cyffwrdd â phenole merched, Warden neu beidio. Paid byth â gwneud hynna 'to."

Fis yn ddiweddarach dyma Seán yn dod mas o'r eglwys â'r llygad arall yn ddu, a'r Tad yn ei weld.

"Wel, Seán bach," medde fe, "mae'n rhaid dy fod

ti wedi bod mewn trwbwl heddi 'to. Beth wnest ti'r tro 'ma?"

"Credwch neu beidio," medde Seán, "roedd yr un flonden yn sefyll o 'mlaen i 'to. Fe gododd hi lan, ac roedd ei ffrog hi yn yr union fan â'r tro diwetha. Roedd 'na ryw foi wrth 'yn ymyl i, ac fe dynnodd y twpsyn dwl gynffon y ffrog mas. Wel, fe benderfynes i wthio'r ffrog yn ôl, a, diawch, fe ges i ergyd arall!"

★ ★ ★

Mae 'na stori wir am wyth ohonon ni, criw o ffrindie, yn mynd ar wylie i Iwerddon gan deithio o gwmpas Beara yng Nghorc. Yno, wrth ymyl y ffordd, roedd hen foi yn pladura ysgall. Ac, wrth gwrs, roedd yn rhaid stopo i gael gair ag e.
Fe gynigiodd yr hen foi baned o goffi i ni, ac fe aeth Olwen y wraig ati i baratoi naw paned o goffi. Ond doedd dim llefrith yno. Fe esboniodd y Gwyddel fod potel lawn wrth ddrws y ffrynt. Fe aeth Olwen i nôl y botel a rhwng y naw ohonon ni, fe aeth y llefrith i gyd ac roedd y botel yn wag. Fe gynigiodd Olwen osod y botel yn ôl wrth ddrws y ffrynt.

"O, na – paid â gwneud hynny," medde fe. "Falle y gwnaiff rhywun alw a gofyn am goffi du."

★ ★ ★

Un tro wedyn rown i'n teithio i Ballinasloe, ac wedi colli'r ffordd. Fe stopies wrth ymyl y ffordd a gofyn i ryw hen foi pa gyfeiriad i'w gymryd. Ac wrth gwrs, fe ges i'r ateb clasurol.

"Petawn i'n mynd i Ballinasloe, fyddwn i ddim yn cychwyn o'r fan hyn."

"Faint wnaiff hi gymryd i fi fynd yno?"

A dyma fe'n ateb, "Tua awr a hanner."

"Pa mor bell yw'r lle?"

"Tua deg milltir ar hugain."

"Deg milltir ar hugain? Dyna i gyd? Ydy hi'n ffordd dda, felly?"

"Gwrando," medde fe, "os wyt ti am ffordd dda, yna rwyt ti yn y wlad anghywir!"

★   ★   ★

Rown i yn Dingle unwaith mewn tacsi ac o'n blaenau ni roedd arwydd, ac yn hytrach na dweud 'Dim Mynediad', roedd yn dweud 'Ddylech chi ddim mynd y ffordd hon'. Fe stopiodd dyn y tacsi, ac yn dod i'n cyfarfod ni, yn erbyn llif y drafnidiaeth, daeth car ar ôl car. Fe wnes i ofyn nawr i'r dyn tacsi i ble roedd y ffordd yn mynd. Ei ateb e oedd, "Does gen i ddim syniad. Ond ble bynnag mae hi'n mynd, ry'n ni'n rhy hwyr. Mae'r rhain i gyd yn mynd adre."

∗　∗　∗

Fe fues i mas yn Iwerddon unwaith gyda bachan oedd yn gwerthu tractors. Fe ffilmon ni fe'n ceisio gwerthu tractor i Wyddel lleol. Fe ofynnodd hwnnw hanes y tractor ac fe fu'r Cymro'n ddigon gonest i gyfadde bod un bai ar y tractor — roedd e'n dueddol o fod yn ara'n cychwyn yn y bore.

"Dim problem," medde'r Gwyddel bach. "Fydda i ddim yn dechre gweithio tan ar ôl cinio."

"Un, dau, tri … Hop!"

Camddealltwriaeth

Fe aeth Eira Wen â'r Saith Corrach Bach i fyny i Smithfield i'r Sioe Laeth. Fe wnaeth hi eu bwcio nhw i mewn yn y Regent's Palace, a hynny yn y dyddie pan nad oedd yna stafelloedd *en suite*. Fe gafodd pob corrach ei stafell wely dwbwl ei hunan. Yn y bar fe wnaethon nhw ffeindio menyw yr un, ac roedden nhw wrth eu bodde. Roedd un o'r saith wedi yfed gormod o wisgi, felly doedd pethe ddim yn mynd yn rhy dda gyda'i fenyw. Roedd e'n gorfod codi o hyd a cherdded i lawr y coridor i'r tŷ bach. Bob tro y bydde fe'n pasio stafell wely un o'r corachod eraill roedd e'n clywed rhyw sŵn rhyfedd:

"Un, dau, tri … Hop! Un, dau, tri … Hop!"

Diawch, meddyliodd e, mae hwnna'n cael hwyl. Wir, bob tro y bydde fe'n mynd i'r toiled, fe fydde fe'n clywed yr un sŵn.

"Un, dau, tri … Hop!"

Dros frecwast dyma'r corrach oedd wedi bod yn cadw'r holl sŵn yn gofyn i'r llall, "Gest ti noson dda neithiwr?"

"Diawl, naddo, rown i wedi yfed gormod. Ond

fe gest ti noson dda, siŵr o fod."

"Naddo, noson wael ar y diawl."

"Bachan, paid â dweud celwydd. Bedair gwaith wnes i basio dy stafell di, a'r cwbwl rown i'n 'i glywed oedd, 'Un, dau, tri … Hop!'"

"Wi'n gwybod. Treio neidio lan ar ben y gwely own i."

★　★　★

Roedd 'na ffermwr lleol yn awyddus i brynu tractor. Fe ddewisodd yr un roedd e'n 'i ffansïo. A dyma ofyn i'r gwerthwr faint fydde fe'n fodlon ei dynnu bant pe bai e'n talu mewn arian sychion.

"Diawl," medde hwnnw, "fe dynna i bymtheg y cant bant i ti."

Doedd y ffermwr ddim yn un da mewn mathemateg ac fe ofynnodd am amser i feddwl. Ar y ffordd adre fe alwodd gyda menyw a oedd braidd yn rhydd gyda'i ffafrau.

"Mari," medde fe, "petaet ti'n gofyn i fi am ddeg mil, a finne'n gofyn i ti dynnu pymtheg y cant bant, faint yn union fyddet ti'n 'i dynnu bant?"

"O, diawl," medde hi, "am ddeg mil fe dynnen i'r cwbwl ond fy earrings."

★　★　★

Roedd ficer y plwyf yn teimlo rhyw agosatrwydd mawr at Miss Rees, yr organyddes. Un noswyl Nadolig fe benderfynodd alw o amgylch ei braidd gan adael Miss Rees yn olaf. Roedd Miss Rees yn ferch fonheddig, wedi claddu ei rhieni ac yn ddigon cefnog. Pan ddaeth e at y llidiart a'i weld ar agor, fe feddyliodd fod rhywbeth yn od. O gyrraedd y tŷ, roedd y lle'n olau i gyd a sŵn miwsig yn llenwi'r lle. Fe gnociodd ar y drws, ond doedd neb yn cymryd sylw.

Fe agorodd y drws a gweiddi, "Oes 'ma bobol?" Ond roedd gormod o sŵn i unrhyw un ei glywed. Ymlaen ag e i'r stafell ffrynt ac agor y drws. Yn y drws fe safodd yn syfrdan. Yno, roedd llond y stafell o fenywod, a rheiny'n byrcs. Ond roedd mwgwd am eu llygaid. Roedd y dynion wedyn yn gwbwl noeth, a phawb yn dawnsio. Pwy oedd yn y gornel yn ei dillad isaf yn yfed gwin ond Miss Rees.

"Dewch i mewn, ficer bach," medde hi. "Dewch i mewn."

"Na, wir," medde'r ficer, braidd yn swil. "Gwell i fi beidio."

"Dewch i mewn," medde Miss Rees eto. "Chware rhyw gêm fach ddiniwed ydyn ni. Ry'n ni'n dawnsio'n noethlymun, ac mae'r menywod yn eu mygydau yn gorfod cyffwrdd â'r dynion er mwyn dyfalu pwy yw pwy."

"Na, wir," medde'r ficer, "dw'i ddim yn credu

bod hwn yn lle i fi."

"Odi, odi," medde Miss Rees. "Ry'ch chi wedi cael eich enwi deirgwaith yn barod!"

* ★ ★

Pan es i i'r gogledd gynta i ganu rown i'n ei chael hi'n anodd deall yr acen. Roedd gen i ddau gyngerdd mewn deuddydd, a rhaid oedd aros yno dros nos. Ond ble rown i'n mynd i aros? Down i ddim am wario gormod. A dyma weld rhyw le bach wrth ymyl Llanberis oedd yn cynnig gwely a brecwast. Fe gnoces i ar y drws ac fe ddaeth na fenyw i ateb. Down i ddim ar y teledu bryd hynny, felly doedd ganddi ddim syniad pwy own i.

"Hylo, fedra i'ch helpu chi?" medde hi.

"Medrwch. Ydych chi'n gneud B & B?"

"Ydan, tad."

"Faint y'ch chi'n godi?'

"Deunaw punt y noson. A dydw i ddim isio plant."

"Diawl," meddwn i, "mi dreia i fod yn ofalus, felly."

★ ★ ★

Dyn a menyw ar noson eu priodas yn yr ystafell wely mewn gwesty. Roedd y fenyw yn y gwely'n barod a'r gŵr yn posan o flaen y drych yn ei bants. Pwyntiodd y dyn at ei gyhyre ar ei fraich a gweud, "Drycha, Meg – yn y fraich 'ma , mae 100 pwys o ddeinameit."

Dechreuodd wedyn fflecso'i fraich arall a dweud, "Meg, mae 100 pwys o ddeinameit yn y fraich 'ma 'fyd. Yna, dechreuodd anadlu i mewn yn ddwfn, gan ddweud, "Meg, edrycha ar fy mrest i – mae 400 pwys o ddeinameit fan'na."

Wedyn dyma fe'n tynnu ei bants bant a dechreuodd Meg sgrechen cyn rhedeg mas o'r stafell a lawr y stâr.

"Diawch, beth sy'n bod?" holodd y porthor hi'n syn.

"Wel, rwy'n rhannu gwely gyda 600 pwys o ddeinameit – a'r ffiws fyrra weles i erio'd!"

★ ★ ★

Un bore, mi safiodd Tom ddyn dieithr rhag boddi yn yr afon. Yn y prynhawn daeth plismon ato a gofyn iddo, "Ife ti safiodd y boi 'na rhag boddi yn yr afon?"

"Ie, fi oedd e," medde Tom.

"Wel, ma' 'da fi newyddion drwg i ti. Mae e wedi crogi ei hunan ar goeden."

"Na, fi roddodd e 'na i sychu!"

Y Cardi

Mae rhai pobol y meddwl bod Cardis yn dynn. Ond ni yw'r rhai mwya hael sy'n bod. Ewch chi i gasglu at achos da yn Sir Aberteifi, ac nid yn unig y gwnewch chi gyrraedd y nod, ond fe fydd yna elw yn sbâr. Ond mae 'na storïau sy'n gwneud hwyl am ben y Cardi. Er enghraifft, pam fod papur pum punt yn wyrdd? Wel, am fod Cardis yn eu tynnu nhw cyn eu bod nhw'n aeddfed.

★   ★   ★

Un arall wedyn: Pam bod onglau ar ddarne hanner can ceiniog? Er mwyn gallu defnyddio sbaner i'w cael nhw mas o law Cardi.

★   ★   ★

Cardi bach bochgoch, iach, heb erioed fod yn sâl, yn rhoi gwaed. Roedd menyw yn gwylio hwn yn rhoi gwaed un tro, a chan y byddai angen gwaed arni hi yn nes ymlaen, fe ofynnodd i'r nyrs a gâi hi waed y Cardi bach.

"Mae e'n ddyn capel, chi'n gweld," medde hi. "Dyw e ddim wedi yfed erioed, dyw e ddim wedi smocio erioed. Mae e'n byw ar dyddyn bach i fyny ar y mynydd yn yr awyr iach. Fe gymera i ei waed e."

Fe gafodd hi ei waed. A, wir, fel cydnabyddiaeth, fe roddodd bum can punt i'r dyn bach am y gwaed. Roedd e wrth ei fodd. Y flwyddyn wedyn roedd y ddau yn yr un man unwaith 'to. Fe wnaeth y fenyw gais yr eilwaith am waed y Cardi bach. Ac fe gafodd hi'r gwaed. Ond y tro hwn wnaeth hi ddim anfon arian ato fe, felly fe aeth e i'w gweld hi.

"Odych chi'n olreit?" gofynnodd.

"Odw," medde hi. "Dewch i mewn am baned. Rwy'n teimlo'n dda iawn. Beth sy'n gwneud i chi ofyn?"

"Wel, y llynedd, fe rois i waed i chi ac fe ges i bum can punt 'da chi. Eleni ches i ddim byd."

"Naddo," medde hi. "Cofiwch chi, mae gwaed Cardi yn'o i nawr."

*   *   *

Pan sefydlwyd Sir Ddyfed, i gynnwys Sir Aberteifi, Sir Gaerfyrddin a Sir Benfro, roedd yna drafaelwr bwydydd anifeiliaid yn teithio Dyfed gyfan. Un bore, roedd e lawr yn Sir Benfro yn gwerthu. Fe gafodd e gynnig paned o de ar ryw ffarm. Dywedodd wrth wraig y ffarm nad oedd siwgwr yn ei de. Fe estynnodd honno'r bowlen gyfan iddo fe.

Erbyn y prynhawn, roedd e ar ffarm yn Sir Gaerfyrddin. Yma eto fe gafodd baned o de ac fe ofynnodd am siwgwr.

"Cymerwch lwyaid," medde gwraig y ffarm.

Ddiwedd y prynhawn, roedd e ar ffarm yn Sir Aberteifi. Unwaith eto fe gafodd baned. Ac unwaith eto fe fu'n rhaid iddo fe ofyn am siwgwr. A gwraig y ffarm yn gofyn, "Odych chi'n siŵr eich bod chi wedi'i droi e?"

★   ★   ★

Gŵr a gwraig drwm ei chlyw o Geredigion ar wylie yn America, yn cwrdd ag Americanwr oedd yn siarad Cymraeg.

"Shwmai," medde'r Americanwr. "O le ry'ch chi'n dod?"

"O Aberystwyth," medde'r gŵr.

"Beth wedodd e?" holodd y wraig.

"Gofyn o le ry'n ni'n dod," atebodd ei gŵr yn uchel.

"O."

"Bues i yn Aberystwyth adeg y rhyfel," medde'r Americanwr.

"Beth wedodd e?"

"Fod e wedi byw yn Aber adeg y rhyfel."

"O."

"Bues i'n caru 'da merch o Aber am beder blynedd."

"Beth wedodd e?"

"O'dd e'n caru 'da merch 'no am beder blynedd."

"O."

"Hen ferch hyll, a byth yn hapus gydag unrhyw beth."

"Beth wedodd e?"

"Bod e'n nabod ti'n iawn!"

Welsh
Valleys
Humour

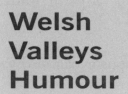

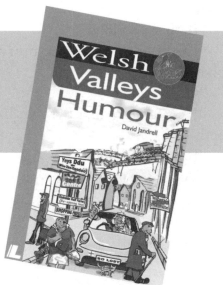

David
Jandrell

Y llyfr a oedd ar frig rhestrau gwerthu Saesneg
y Cyngor Llyfrau eleni. Ond Saesneg y Cymoedd
sydd yma, nid Saesneg y Sais. Darllenwch am
fywyd a chwedloniaeth y Cymoedd a'r hiwmor
a'r jôcs sy'n eu cadw nhw i fynd.

Yn y gyfres *It's Wales*

£3.95
ISBN: 0 86243 736 9

CYFRES  TI'N JOCAN

Y gyfres newydd am hiwmor y Cymry.
Teitlau cyntaf:

HIWMOR LYN EBENEZER
HIWMOR DAI JONES
HIWMOR IFAN TREGARON
HIWMOR CHARLES

Mwy i ddilyn!

I gyd am ddim ond £3.95 yr un.
Yr anrheg perffaith
i chi'ch hunan
neu i'r fam-yng-nghyfraith

Am restr gyflawn o lyfrau doniol a difrifol
Y Lolfa, mynnwch gopi o'n Catalog
newydd, rhad – neu hwyliwch i mewn i'n
gwefan

www.ylolfa.com

i chwilio ac archebu ar-lein.

TALYBONT CEREDIGION CYMRU SY24 5AP
e-bost ylolfa@ylolfa.com
gwefan www.ylolfa.com
ffôn (01970) 832 304
ffacs 832 782